Barbara Rose

Die FEENSCHULE

Neue Flügel für Rosalie

Mit Bildern von Naeko Ishida

Verlag Friedrich Oetinger · Hamburg

Inhalt

1. Rosalies Tagebuch

Liebes Tagebuch!

Dir kann ich alles erzählen,
hat meine Mama gesagt.
Auch große Feen-Geheimnisse.

Von einem habe ich heute erfahren.
Und das war so …

2. Die Blütenwaldschule

Rosalie ist eine kleine Fee.
Genauer gesagt: eine Blumenfee.

Seit einigen Tagen geht sie
in die Blütenwaldschule.

Rosalie hat schon eine Freundin:
Nikki, die schüchterne Nebelfee.

Nikki hat grau-blaue Haare
und silbrige Flügel.

Rosalie mag besonders,
dass Nikki so zuverlässig ist.

In der Schule lernt Rosalie alles,
um eine gute Fee zu werden.

Sie hat Unterricht in Zauberkunde
und feinem Benehmen.

Sie lernt die Feenregeln.
Und sie erfährt,
wie man Post
aus dem Feenbriefkasten holt.

Sogar das Reiten auf Einhörnern
üben die kleinen Feen!

3. Flugstunden

Heute ist die erste Flugstunde.
Feen müssen gut fliegen können.

„Alte Trollblume, das kann ich“,
sagt Rosalie zu Nikki.

Firn Flirr kommt angeflogen.

Er ist ein Feen-Mann
und der Fluglehrer der Schule.

„Ich mag ihn“, meint Rosalie.
„Er sieht streng aus“, sagt Nikki.

Firn Flirrs große Flügel
glänzen wie Silber.

Zosch, wirbelt er durch die Luft.
Wosch, macht er eine Drehung.

Rosalie und die anderen staunen.

„Abflug!“, ruft Firn Flirr.

Alle kleinen Feen
schweben in den Himmel hinauf.
Hoch, höher und noch höher!

Alle – außer Rosalie.
Sie trudelt durch die Luft
wie eine dicke Hummel.

„Oje, was ist nur mit mir?
Alle anderen sind so feenflink.“

Firn Flirr fliegt voran.
„Ich zeige euch, wie es geht.
Unsere wichtigsten Übungen sind
schnelle Starts und Drehungen."

Atemlos sehen die Feenmädchen zu,
wie Firn Flirr umhersaust.

„Jetzt ich!“ Sirr!

Nikki fliegt einen Looping.

„Das ist feenwunderbar“, ruft sie.

Eine andere Fee macht einen Salto.
Eine dritte Fee fliegt sogar
mit einem Vogel um die Wette.

4. Kleine Probleme

Rosalie schlägt mit den Flügeln.

Sie strampelt mit den Füßen.
Aber sie wird nicht schneller.

„Koboldmist", brummt Rosalie.

„Was ist los mit dir?
Gibt es Probleme?“

Firn Flirr schwebt plötzlich
ganz dicht neben Rosalie.

Aufmerksam beobachtet er
die kleine Blumenfee.

Mit einem Finger tupft der Lehrer vorsichtig auf Rosalies Flügel.
„Kein Wunder“, ruft er.
„Das sind ja Alltagsflügel.“

„Alltagsflügel?“ Rosalie seufzt.
„Aber ich habe keine anderen.“

5. Reiseflügel

„Hast du denn keine Reiseflügel?“,
will Firn Flirr wissen.

„Zu Hause brauche ich so was nicht“,
flüstert Rosalie verschüchtert.
Ich wusste gar nicht,
dass man Flügel wechseln kann.“

„Warte hier“, erklärt Firn Flirr.
„Ich bin gleich zurück.“

Eilig fliegt der Firn zur Schule.

„Du hast keine Reiseflügel?“,
fragt jetzt auch Nikki verdutzt.
Sie ist neben Rosalie gelandet.

„Ist das koboldblöd, Nikki?“
In Rosalies Augen stehen Tränen.

„Aber nein, kein bisschen!“
Die Freundin lächelt aufmunternd.

„Stell dir vor, Rosalie,
meine Flügel sind gar nicht neu."
Nikki lächelt verschmitzt.
„Es sind die alten
von meiner großen Schwester.

Aber sie passen mir genauso.
Geheimer Feenzauber!“

Schon ist Fluglehrer Flirr zurück.
In seinen Händen trägt er
zarte, schillernde Feenflügel.

„Das also sind Reiseflügel?“
Rosalie ist entzückt.
„Feuchte Feenspucke.“

Firn Flirr reicht ihr die Flügel.
„Zieh deine alten ruhig aus.
Ich schenke dir dieses neue Paar.“

Rosalie legt die Alltagsflügel ab.
Puh, wie schwer die sind.

6. Geheimer Feenzauber

Die neuen Flügel von Firn Flirr
sind leicht und spinnwebfein.

Eilig streift Rosalie sie über.
Dann wispert sie den Zauberspruch:

„Flügel, schmiegt euch an,
damit ich fliegen kann!“

Sofort spürt Rosalie ein Kribbeln.
Erst in den Zehen, dann im Bauch.
Danach in den Haaren und Flügeln.

Im Handumdrehen sitzen die Flügel
fest an Rosalies Körper.

Rosalie breitet die Arme aus
und lacht hell auf.
„Das also“, trällert sie,
„ist der geheime Feenzauber.“

Firn Flirr nickt.
„Die halten fest wie ein Magnet!“

„Vielen Dank“,
sagt Rosalie zu ihrem Fluglehrer.

„Flieg los“, schlägt Nikki vor.
„Zeig den anderen, was du kannst!“

7. Rosalie Wirbelwind

Das lässt sich Rosalie
nicht zweimal sagen.

Flink wie nie zuvor
saust sie hinauf in den Himmel.

Die anderen Feenmädchen staunen.
Was ist nur mit Rosalie passiert?

„Ich habe Reiseflügel“,
ruft Rosalie ihnen zu.
„Endlich bin ich eine echte Fee.
Nennt mich Rosalie Wirbelwind!“

Rosalie probiert jetzt alles aus,
was Firn Flirr den Feen zeigt.

Juchhe! Der Eilflug klappt prima.
Hopp-hopp, ein Salto rückwärts.
Zisch. Was für eine Schraube!

Atemlos saust Rosalie schließlich
wieder auf die Schulwiese zurück.

„Rosalie Wirbelwind!"
Firn Flirr lächelt stolz.
„Wer hätte das gedacht?"

Rosalie umarmt Nikki liebevoll.
„Vielen Dank für deine Hilfe.
Du bist die allerbeste Freundin.“

Glücklich liegt Rosalie am Abend
in ihrem Bett.
Nikki schläft schon.

Aber dann fällt Rosalie etwas ein.
Sie muss ihr neues Geheimnis
unbedingt ins Tagebuch schreiben!

Willkommen in der

LESESTARTER

Rätselwelt

Hast du Lust auf noch mehr Lesespaß?

Dann findest du hier viele tolle Rätsel und spannende Spiele. Auf der nächsten Seite geht es schon los!

Viel Spaß!

Lösungen auf Seite 58–59

LESESTARTER

Feenunterricht

Was lernt Rosalie in der Feenschule? Kreuze an.

	richtig	falsch
Einhornreiten	☐	☐
Zauberstab schnitzen	☐	☐
Post aus Feenbriefkasten holen	☐	☐
Feenschimpfwörter erfinden	☐	☐
Fliegen	☐	☐
Zauberkunde	☐	☐
Scherzkeks backen	☐	☐

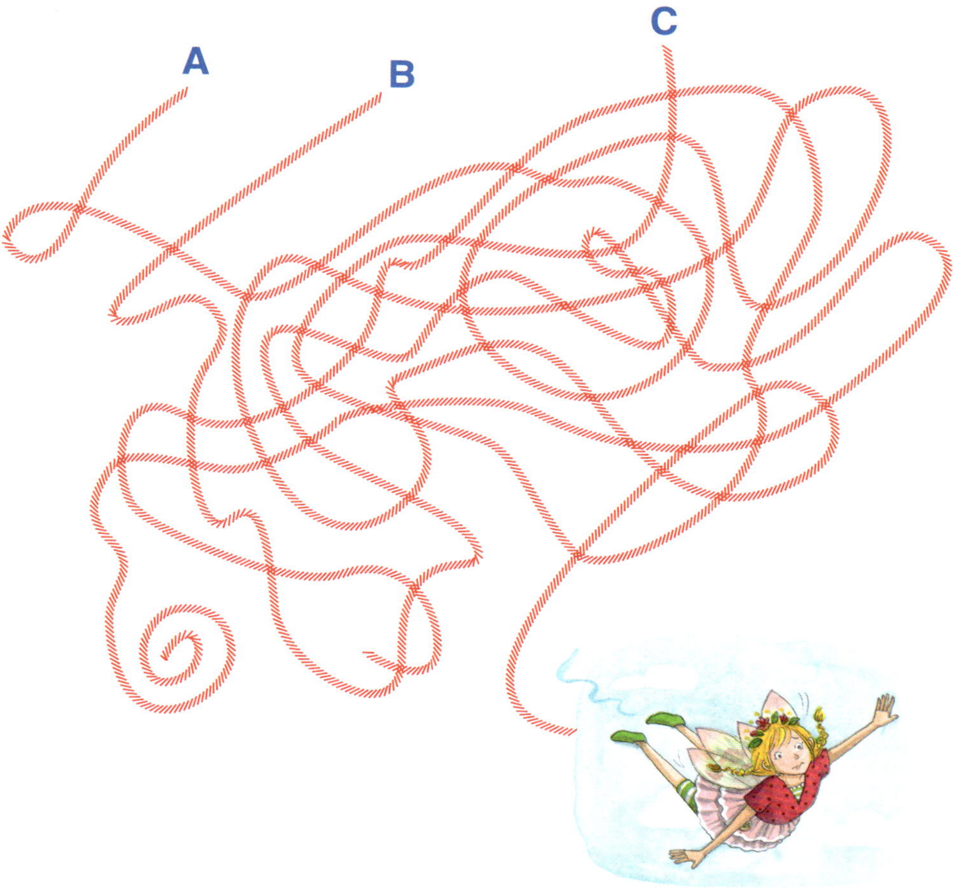

Welchen Weg trudelt Rosalie mit den Alltagsflügeln?

Woll-Wirrwarr

LESESTARTER

LESESTARTER

Kribbeln

Als Rosalie die neuen Flügel anlegt, spürt sie ein Kribbeln. Hast du dir die Kribbelreihenfolge gemerkt? Trage Zahlen in die Kreise ein.

„Flügel schmiegt euch an, damit ich fliegen kann!“

Eine dritte Fee fliegt sogar mit einem Vogel um die Wette.

„Koboldmist“, brummt Rosalie.

Wo findest du diese Sätze? Schreibe die Seitenzahlen auf.

LESESTARTER

Buchstaben-Forscher

Kannst du alle Aufgaben lösen?

1) In welchem Wort steckt ein „ee"?

____

2) Welcher Buchstabe kommt in den Namen beider Feenfreundinnen vor?

_____

3) Welche Wörter auf Seite 10 und 11 haben genau 10 Buchstaben?

______________ ______________

____

4) Wie viele Wörter beginnen auf Seite 15 mit „h/H" _____

„Ist das koboldblöd?“

„Meine Flügel sind gar nicht neu.“

„Ich schenke dir dieses neue Paar.“

Kannst du die Sprechblasen den richtigen Figuren zuordnen?

Wer sagt was?

LESESTARTER

Wortkreuze

Finde die Namen der anderen kleinen Feen heraus.

	P		F
S		L	
	S		E
	T		

		T			
F	L		G		
		B			
	S		L	T	O

				D				
F	L	Ü	G		L			
				N				
	L	U	F					
			F		R	N		
				N				
S	C	H	W		S	T	E	R

Rosalies Freundinnen heißen:

Wie lautet der Lösungssatz?

26	4	______________
16	21	______________
32	12	______________

Lösungssatz: ______________

______________ ______________

Tipp:

Die erste Zahl verrät die Seitenzahl, die zweite Zahl das gesuchte Wort.

Du brauchst:

Tonpapier,
etwas Wolle, Schere,
dicke Nadel, Stift

Zeichne die Feenflügel auf das Papier und schneide sie aus. Steche mit der dicken Nadel zwei Löcher in die Mitte.

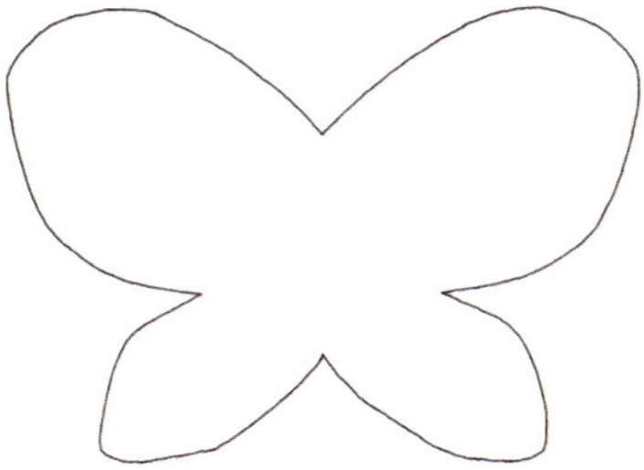

Fädle nun einen Wollfaden so durch die Löcher, dass beide Enden auf einer Seite hervorschauen. Binde die Flügel an deiner Puppe fest.

Möchtest du Feenflügel für deine Puppe?

Feenflügel

LESESTARTER

LESESTARTER

Würfelspiel

Spiel für zwei! Wer bleibt länger in der Luft?

Ihr braucht:
2 Spielfiguren, Würfel, 7 Kiesel, 2 Luftballons, Kugelschreiber

Vorbereitung: Malt Rosalie und Nikki auf je einen aufgeblasenen Ballon (keinen Knoten machen!).
Spiel: Würfelt abwechselnd. Landet ihr auf einem Flügelfeld, fliegen eure Feen um die Wette. Pustet hierfür eure Ballons auf und lasst sie gleichzeitig los. Die Fee, die zuletzt auf dem Boden landet, bekommt einen Kiesel. Wer am Ende des Spiels weniger Kiesel hat, hat gewonnen. **Aber Achtung:** Platzt dein Ballon, dann hast du verloren.

Tauscht eure Kiesel
Nimm dir einen Kiesel

Rosalie-Quiz

Nimm immer den ersten Buchstaben und finde heraus, wie alt Rosalie ist.

In welcher Farbe glänzen Firn Flirrs große Flügel?

☐ ____________

Lies Seite 17. Wie heißt das 5. Wort?

☐ ____________

Wie fliegt der Firn zur Schule? (Seite 25)

☐ ____________

Was für eine Fee ist Rosalie? ☐ ________-Fee

Lies Seite 38. Was klappt sofort prima? ☐ ________

Wie heißt Rosalies beste Freundin? ☐ ________

Rosalie ist

☐ ☐ ☐ ☐ ☐ ☐

Jahre alt.

LESESTARTER

Lösungen

Alle Rätsel gelöst? Hier findest du die richtigen Antworten.

Wer sagt was · Seite 49

„Ist das koboldblöd?" – Rosalie
„Meine Flügel sind gar nicht neu." – Nikki
„Ich schenke dir dieses neue Paar." – Firn Flirr

Wortkreuze · Seite 50–51

Sole, Tuba, Dentine

Zahlencode · Seite 52

Reiseflügel sind spinnwebfein

Rosalie-Quiz · Seite 56–57

Silber, Ich, Eilig,
Blumenfee, Eilflug, Nikki

Rosalie ist SIEBEN Jahre alt.

Feenunterricht · Seite 44
richtig: Einhornreiten, feines Benehmen, Post aus Feenbriefkasten holen, Fliegen, Zauberkunde

falsch: Zauberstab schnitzen, Feenschimpfwörter erfinden, Scherzkeks backen

Woll-Wirrwarr · Seite 45
Weg A

Kribbeln · Seite 46
Zehen = 1, Bauch = 2,
Haare = 3, Flügel = 4

Satzprofi · Seite 47
Seite 32
Seite 19
Seite 21

Buchstabenforscher · Seite 48
1) Fee
2) i
3) Unterricht, Feenregeln, Einhörnern
4) 15

LESESTARTER
1. Lesestufe

Lesespaß für Schulanfänger

Rüdiger Bertram
Familie Monster brüllt los!
ISBN 978-3-7891-1277-5

Rüdiger Bertram
Familie Monster macht Urlaub!
ISBN 978-3-7891-1279-9

Astrid Lindgren
Ich will auch
in die Schule gehen
ISBN 978-3-7891-1097-9

Paul Maar
Der Buchstaben-Zauberer
ISBN 978-3-7891-1105-1

Oetinger

Weitere Informationen unter **www.oetinger.de**

MIX
Papier aus verantwortungsvollen Quellen
FSC® C015559

2. Auflage

Druck und Bindung: Drukarnia Interak Sp. z o.o.,
Grzępy 50, 64-700 Czarnków, Polen
Printed 2020
ISBN 978-3-7891-1354-3

www.oetinger.de